PARIS-INONDÉ

1910

…éfense de Paris ◇ La Défense Normande

ADMINISTRATION-RÉDACTION :

83, rue de Richelieu, 83 PARIS 2

Prix : **1 fr.**

H. FRENCH

TAILORS

Ladies & Gentlemen's Tailors
& Juvenile Outfitters
Baby linen = Children's hats

ENGLISH WAREHOUSE

Tailleur pour Dames, Costumes et Manteaux
Vêtements et Chapeaux pour
Enfants : Bébés, Fillettes et Garçonnets.
Layettes, etc.

6, BOULEVARD DE LA MADELEINE, 6

PARIS

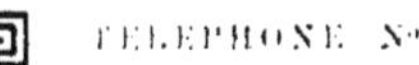 TELEPHONE N° 212-66 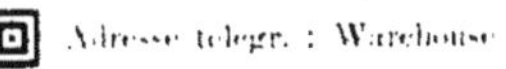 Adresse télégr. : Warehouse Paris 

PARIS-INONDÉ

1910

édité par les Journaux

La Défense de Paris

La Défense Normande

vendu au profit des sinistrés

Directeur : J GRANDON

ADMINISTRATION-REDACTION —

83, rue de Richelieu, 83

PARIS (2e)

Prix : 1 fr.

Le bénéfice de la vente de cette brochure sera converti en bons de secours, pain, viande, vêtements et distribués par nos soins.

LA CRUE A PARIS

VISITE DE M. FALLIÈRES A IVRY
M. LÉPINE DONNE DES INDICATIONS AU PRÉSIDENT

Vers le 18 janvier la Seine qui, chaque année, roule ses eaux contenues entre des digues construites pour empêcher son débordement sur les quais, commençait à inquiéter les riverains. Mais, pouvait-on supposer que le fleuve qui, d'ordinaire,

.... L'amour tuera le doute,
Et vous comprendrez Dieu si vous savez l'amour
L'amour ramène à lui ; l'amour, c'est le retour,
C'est le pont de salut qui passe sur le gouffre.
Aimez-moi : pour m'aimer, aimez celui qui souffre ;
Le manque de l'amour mène à tous les péchés,
Et quand l'amour s'éteint la route où vous marchez
Est si pleine de nuit que Dieu ne vous voit guère.

Edmond Haraucourt

SALUT AUX LIBÉRATEURS

Janvier mil neuf cent dix, répand partout le doute,
Et chacun sent revivre en versant un gros pleur,
La douleur
Que tous les dieux vengeurs sèment sur notre route.

Dans le soupir des nuits, mon esprit agité
Par un grondement sourd,,, à la grande inconnue
De la nue,
Disait : « Protège-nous, sublime Vérité. »

Le néant s'affirma, puis bientôt sur ma lèvre
Toujours aussi brûlante, ondula la moisson
Du frisson,
Que fait naître l'angoisse et qu'augmente la fièvre.

Dès les premiers instants, la méditation
Doucement me conquit, et devint animée,
Enflammée,
Décuplant en secret, mon agitation.

La Nature en courroux, sur la terre et sur l'onde,
Répandait en maints lieux, un cri plaintif, pleureur,
De terreur.
Tout n'était que tristesse, enveloppant le monde.

L'implacable tempête, au gré des éléments,
Déchirait, las ! toute âme, abattue, désolée,
Désolée
Au sinistre contact de tant d'événements.

Du sein du noir chaos, lugubre cataclysme,
S'élancèrent les eaux, qu'avec effroi l'on vit
De leur lit,
Sortir en bouillonnant, et braver l'égoïsme.

A l'aurore, Phœbus se voila, puis les flots,
Plus furieux encore, aux lames dangereuses,
Ténébreuses,
Des grands et des petits, arrachaient les sanglots.

Neptune fit un lac, des rives et des plaines,
Et durant de longs jours, sur les eaux, suspendus,
Éperdus,
Nous eûmes pour soutien, les Nymphes souveraines.

Aux déchirants appels, poussés de toutes parts,
Le vaillant Président de notre République,
Vivifique,
Accourut pour sauver femmes, enfants, vieillards.

A ses côtés, Briand, Lépine et les Ministres
Rivalisaient de zèle auprès des sinistrés
Éplorés.
Que leurs noms soient inscrits, sur d'officiels registres,

Suivis de ceux non moins glorieux : Sénateurs,
Députés, conseillers, soldats, hommes et femmes,
Nobles âmes,
Et peuples étrangers, tous, nos libérateurs.

Héros, salut à vous, au nom de notre France,
Salut encor, merci ! d'avoir sauvé Paris,
Tant épris
D'amour, de liberté, d'immortelle espérance !

Paris, 2 février 1910.

André Baraty.

cote 2 m. 50 au pont Royal, atteindrait en peu de temps la cote de 9 m. 50.

Cette cote était même dépassée deux jours après d'environ un mètre. On peut dire que cette crue est la plus considérable

LE PONT ROYAL EN PLEINE CRUE

et la plus extraordinaire qu'on ait enregistré depuis 400 ans.

Aussi, peut-on se rendre compte de l'étendue de la calamité que cette hausse des eaux a provoquée, si l'on songe que les crues ordinaires sont considérées comme désastreuses lorsque les eaux atteignent 6 mètres au pont Royal. Pour la capitale seule, les dégâts sont estimés à près de dix millions.

QUAI DE LA RAPÉE ET MÉTROPOLITAIN

Les plus fortes crues constatées au pont Royal ont été en :

1872	6 m. 85
1876	7 m. 30
1879	6 m. 21
1882	6 m. 84
1883	7 m.

C'est dans la nuit du 27 au 28 janvier que la situation fut extrêmement critique. L'eau jaillissait de partout, on la voyait sourdre entre les pavés et l'on entendait par instant les glou-

OCTROI DE BERCY

glous des égouts qui vomissaient leurs eaux sur la chaussée. On se sentait pris d'inquiétude à fouler ce sol saturé d'eau, gonflé comme une éponge, provoquant des éboulements et disjoignant la chaussée.

AVENUE LEDRU-ROLLIN

La capitale a, elle aussi, été éprouvée sérieusement, et les vues que nous reproduisons ci-contre démontreront mieux qu'aucune description l'état général de « Paris-Inondé ».

Cet ouvrage ne suffirait pas si nous devions citer les principaux actes d'héroïsme accomplis vaillamment par les citoyens et nos braves troupiers mis à la disposition des municipalités par le gouvernement. Ce fut là un spectacle vraiment touchant et réconfortant pour notre pays.

RUE DE LYON

La charité publique fut, en cette circonstance, à la hauteur de son devoir social.

Nous sommes heureux de pouvoir mentionner ici même les principaux donateurs :

PONT DE LA MORGUE ET NOTRE-DAME DE PARIS

	Francs
M. le Président de la République....................	30.000
MM. les Ministres	11.000
S. S. le Pape Pie X..................................	30.000
S. M. le Roi d'Angleterre............................	26.250

S. M. la Reine d'Angleterre........................ 25.000
S. M. l'Empereur d'Allemagne........................ 25.000
S. M. l'Empereur d'Autriche........................ 25.000
S. M. le Roi des Belges........................ 10.000

PONT NEUF (27 janvier)

S. M. le Roi d'Espagne........................ 20.000
S. M. le Roi d'Italie........................ 50.000
S. M. l'Empereur de Russie........................ 26.600

RUE DE POITIERS ET RUE DE LILLE
AU FOND LA GARE D'ORLÉANS

S. M. le Roi de Roumanie........................ 10.000
S. A. le Prince de Galles........................ 12.500
Le Gouvernement Ottoman........................ 50.000
Banque de France........................ 50.000

Rothschild frères 100.000
Banque de Paris et des Pays-Bas 50.000
Crédit Lyonnais 50.000
Société Générale 50.000

QUAI D'ORSAY

Comptoir National d'Escompte de Paris 50.000
Crédit Industriel et Commercial 20.000
Banque de l'Union Parisienne 25.000

CHAMBRE DES DÉPUTÉS (RUE DE BOURGOGNE)

M. Spitzer, banquier 25.000
M. W. K. Vanderbilt 100.000
M. Emile Loubet (ancien Président de la République 200

Madame Félix Faure........................... 1.000
Le Lord Maire de Londres........................ 25.000
Société de la Bénédictine 10.000

AVENUE D'ANTIN

Sir E. Cassell.................................. 100.000
Standard Oil C°................................. 100.000
Deutsch de la Meurthe........................... 10.000

GARE SAINT-LAZARE — PLACE DE ROME

MM. Speyer & C°, banquiers à New-York........... 50.000
Le Syndicat des Banquiers en valeurs à terme....... 10.000
Frank-Jay Gould 25.000
Le Crédit Mobilier Français...................... 10.000

Chambre Syndicale des Agents de change.......... 30.000
Grands Magasins de la Samaritaine................ 10.000
Cahen d'Anvers 10.000
La Compagnie d'Assurances Générales............ 25.000
La Compagnie Générale des Eaux................. 10.000
Grands Magasins du Bon Marché.................. 10.000

BOULEVARD HAUSSMANN

Grands Magasins du Louvre....................... 10.000
La Baronne Léonino 25.000
La Compagnie d'Assurances Le Phénix 10.000

AVENUE MONTAIGNE

Société Panhard-Levassor.......................... 10.000
MM. Menier frères 10.000
(L'Impératrice Eugénie comtesse de Pierrefonds..... 10.000
Compagnie du Chemin de fer du Nord............. 25.000
Compagnie d'Orléans 25.000

Magasins du Printemps.......................... 20.000
London and Brazilian Bank, Ltd.................. 10.000
Fenaille et Despaux............................ 10.000
Cognac Martel & C°............................ 10.000

PONT DE L'ALMA AU PLUS FORT DE LA CRUE

Chemin de fer du Midi.......................... 15.000
Madame Gévelot 25.000

Ne pouvant publier la liste complète de tous les généreux

LA LIGNE DES INVALIDES SUBMERGÉE

donateurs, ajoutons que M. Vanamaker, de New-York, s'est offert à payer tout le pain distribué aux sinistrés par l'Assistance Publique, et a déjà fait parvenir la somme de 55.000 fr.

M. Michel Cahen, propriétaire des Grands Établissements du

Planteur de Caïffa, a mis à la disposition des maires des communes et quartiers sinistrés pour 20,000 francs de produits alimentaires de toutes sortes. La maison Amieux frères a, de

RUE JEAN-NICOT (GRENELLE)

son côté, attribué un tant pour cent sur ses bénéfices en faveur des sinistrés.

C'est, on le voit, un élan généreux de toutes parts, et en publiant cette liste nous ne faisons que remplir notre devoir.

RUE FÉLICIEN-DAVID

Juvisy-sur-Orge. — Cette jolie localité de 4.250 habitants, située à 20 kilomètres de Paris, desservie par les réseaux d'Orléans et du P.-L.-M., a été aussi très éprouvée par la crue. On y voit un observatoire et une station de climatologie agricole, à la tête desquels se trouve l'illustre savant M. Camille Flammarion, qui a donné dans les colonnes du *Journal* ses impressions et observations scientifiques sur les perturbations atmosphériques qui ont ravagé les jolies rives de la Seine. Juvisy possède aussi une station agronomique très importante, de nombreux industriels comme MM. Naumann, Van Cabeke et Cie, dont l'activité est un signe de prospérité pour toute la région.

JUVISY. — LE CHAMP D'AVIATION

Villeneuve Saint-Georges, à 17 kil. de Paris, 8.178 habitants, au confluent de l'Yerres et de la Seine. Ancien rendez-vous de chasse de Mme de Pompadour, transformé en villa de plaisance. Pont suspendu sur la Seine. Château de Beauregard ayant servi de résidence à la comtesse Houska, veuve du romancier H. de Balzac, aujourd'hui propriété de la ville. Guillaume Budé, le célèbre helléniste et l'un des fondateurs du Collège de France, habita vers le XVIe siècle Yerres-l'Abbaye. Cette belle ville a été bien éprouvée par la crue de la Seine, qui y a produit ses effets désastreux.

VILLENEUVE-SAINT-GEORGES

Saint-Maur des Fossés est une ville de 28.238 habitants, à 8 kil. de Paris.

Saint-Maur est particulièrement recherché par beaucoup de Parisiens, qui se plaisent à y passer les mois d'été dans de charmantes villas entourées de verdure. C'est dire les dégâts qu'a occasionné la hausse des eaux, qui a tout submergé.

QUAI DE LA MARNE

Pour cette localité, on estime ces dégâts à 3 millions. 1.600 pavillons ont été inondés et il y a eu 5.000 sinistrés.

RUE VAUTHIER

Joinville-le-Pont. — Jolie ville de 10.000 habitants, à 10 kil. de Paris. Possède la célèbre École normale militaire de Gymnastique et d'Escrime. L'avenue du Château et le parc de Polangis ont été inondés, ainsi que les avenues Jeanne et Thérèse. La crue y a fait de grands dégâts. Quatre cents immeubles ont été abandonnés.

Nogent-sur-Marne. — 11.721 habitants, très gentille localité située sur la rive droite de la Marne, à 11 kil. de Paris : a comme ses sœurs riveraines de la Seine, eu à souffrir de l'envahissement général des eaux.

NOGENT-SUR-MARNE

Charenton — Ville agréablement située en amphithéâtre sur un coteau qui borde la rive droite de la Marne et de la Seine.

LES GUINGUETTES

Est très bien desservi avec la capitale par des services de bateaux, chemins de fer et tramways.

Cette ville de 18.000 habitants a eu à lutter contre l'envahissement des eaux, qui ont provoqué des dégâts importants dans les grandes maisons de commerce E. Cusenier, Byrrh, les Entrepôts, etc.

Maisons-Alfort. — Forte localité située sur les bords de la Seine et reliée avec Paris par le service des bateaux Parisiens, les tramways électriques Bonneuil-Concorde et Louvre-Créteil, a eu, elle aussi, à subir l'outrage des eaux menaçantes de la Seine en furie. On y remarque quelques grosses distilleries d'alcool industriel, telles que Springer et Cie, l'importante Société des Alcools dénaturés. On y compte huit cents petits commerçants ruinés.

MAISONS-ALFORT

Alfortville. — Centre ouvrier important composé d'une population de 17.555 habitants, a subi des dégâts énormes. L'île Saint-Pierre a été engloutie sous plusieurs mètres d'eau et l'inondation a été générale dans ce pays. Il faudrait un volume pour raconter tous les actes de courage, de dévouement et de charité qui ont eu comme théâtre cette localité hier encore si active.

L'ILE SAINT-PIERRE

Ivry-sur-Seine. — Ville manufacturière aux portes de Paris et à 9 kil. de Sceaux, possédant une population de 33.198 habitants. Les Ivryens ont eu particulièrement à souffrir de l'inondation. Les hospices ont dû être évacués. Grâce au sang-froid de son député et maire M. Coutant, du curé d'Ivry et de nombreux citoyens, il n'y eut pas de victimes, mais les dégâts furent considérables.

LA RUE DE SEINE

Clichy. — 41.787 habitants. Les Clichois pensaient bien être à l'abri des inondations. Cette ville populeuse, située sur la rive droite de la Seine, est séparée de Paris par les fortifications. C'est le système du tout à l'égout qui a inondé Clichy et fait essuyer des pertes considérables à ses habitants et aux industriels, au nombre desquels nous devons citer les importantes usines Continental (pneumatiques).

BOULEVARD NATIONAL

Issy-les-Moulineaux. — 49.969 habitants, à 9 kil. de Paris. Centre industriel très important, a été très éprouvé par le désastre. Beaucoup de petits commerçants sont totalement ruinés et un grand nombre d'ouvriers chôment, les ateliers, usines, magasins et entrepôts ayant été envahis par les eaux.

MAGASINS GÉNÉRAUX

RUE DE SAINT-GERMAIN

Courbevoie, 31.191 habitants. En face de Courbevoie se trouve l'île de la Grande-Jatte, qui fut submergée entièrement par la crue. Les Courbevoisiens ont été cruellement éprouvés par la hausse des eaux.

Puteaux. — 29.131 habitants. Port sur la Seine pour le débarquement des bois de toutes espèces, charbon de terre, vins et spiritueux. Manufacture d'armes de l'État. Automobiles de Dion-Bouton. Fabrique d'alcool industriel (la Madone). Puteaux a presque été complètement envahi par les eaux, qui ont été la cause d'un chômage pour un grand nombre d'ouvriers dès le début de la crue.

RUE ERNEST

ASNIÈRES

Asnières. — 36.482 habitants. C'est le quartier de la Gare qui a subi les effets de la crue. Toutes les belles propriétés qui bordent agréablement la rive gauche de la Seine ont été inondées. Asnières est le centre du canotage. C'est sur son territoire (île des Ravageurs) que se trouve le cimetière des chiens.

Gennevilliers. — 11.586 habitants. En bordure de la Seine et s'étendant dans une plaine immense. Cette localité a été complètement submergée.

Plus de cent petits pavillons se sont écroulés, ruinant leurs malheureux propriétaires.

RUE DE PARIS

Saint Denis a une population de 64.790 habitants et a subi les effets de la crue. Sa population ouvrière a été très éprouvée. Cette ville est un gros centre industriel et l'inondation y a produit une grande misère. Saint-Denis possède une abbaye célèbre où se trouve le tombeau des Rois de France.

RUE DE LA BRICHE

Rueil. — A 14 kil. de Paris (12.437 habitants). A été inondé comme Chatou, Nanterre, et de grands dégâts ont été occasionnés aux jolis pavillons et coquettes villas situés dans ces localités. On remarque à Rueil le grand établissement d'élevage *Gallina*.

AVENUE DE LA GARE

Le sinistre, on le voit, a causé des ravages énormes partout, ruinant de nombreux artisans et de nombreux propriétaires. C'est, on le voit, une grande calamité qui s'est abattue sur Paris et ses environs. Les documents et photographies ci-contre nous ont été fournis par nos collaborateurs MM. L. Lefebvre et Ed. Mage.

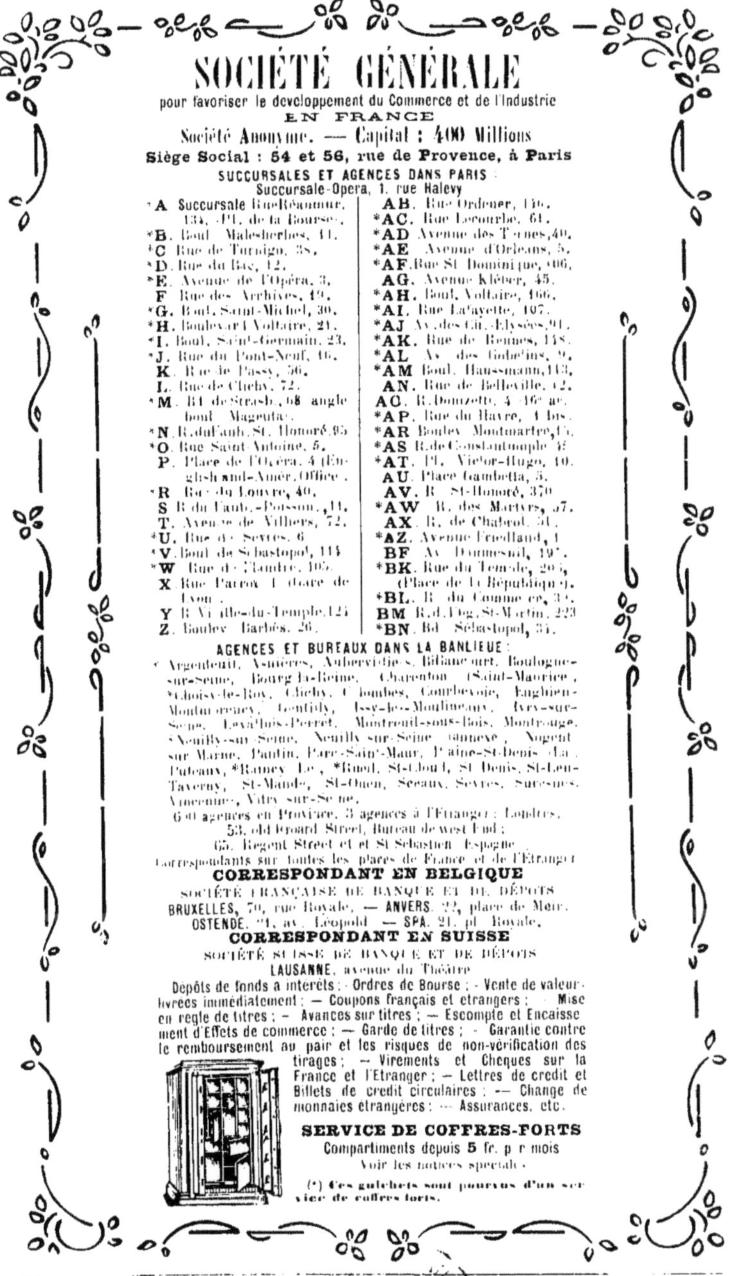

Soc. anon. des Imp. Wittmann et Roux, 16-18, rue N.-D.-d.-Victoires, Paris — Ascrat, dir. Tél. 316-3

www.ingramcontent.com/pod-product-compliance
Ingram Content Group UK Ltd.
Pitfield, Milton Keynes, MK11 3LW, UK
UKHW020234180726
13838UKWH00005B/2383

9 782329 344119